Goethe, Liebe und Rheinhessen

Der junge Johann Wolfgang Goethe mit einem Scherenschnitt 1775/76. Gemälde von Georg Melchior Kraus

Wolfhard Klein

Goethe,
Liebe und Rheinhessen

Eine Betrachtung. Mit Gedichten von Johann Wolfgang von Goethe und Wolfhard Klein

LEINPFAD
VERLAG

Umschlag: kosa-design, Ingelheim
Layout: Leinpfad Verlag, Ingelheim
Abbildungen: S. 2: Frankfurter Goethe-Museum © Constantin Beyer – Artothek; S. 14, 34: Christian Millotat, Jugenheim; S. 10, 29: Sammlung Hermann Schmitt, Mainz; S. 8, 24/25: Stadtarchiv, Mainz
Druck: Wolf Print, Ingelheim

Leinpfad Verlag, Leinpfad 5, 55218 Ingelheim,
Tel. 06132/8369, Fax: 896951
E-Mail: info@leinpfadverlag.de
www.leinpfadverlag.com
ISBN 978-3-942291-28-6

Inhalt

Goethe, Liebe und Rheinhessen

Wer kennt das Leben seiner Eltern? Seiner Großeltern? Seiner Ur-Großeltern? Wer weiß, was für eine Geschichte seine Familie im, sagen wir: vor-vorletzten Jahrhundert hatte? Wie sie gelebt, was sie gemacht hat?
Das, was ich hier erzählen möchte, spielt im vor-vorletzten Jahrhundert. Und es spielt heute.
Goethe ist die Hauptperson. Er wurde 1749 geboren, genau 200 Jahre vor mir. Schon sein Vater konnte leben, ohne arbeiten zu müssen. Goethe selbst auch. Ich nicht.
Goethe mochte Frauen. Ich hab das recherchiert. Wer mag sie nicht? Aber es gibt Unterschiede. Schon als Sechzehnjähriger hatte Goethe ein zwei Jahre dauerndes Verhältnis mit Käthchen Schönkopf in Leipzig, dann eins mit Friederike Brion. Nach Charlotte Buff kam Lili Schönemann, dann Charlotte von Stein, dann Christiane Vulpius, sein „kleines Eroticon". Und nebenher noch Minna Herzlieb. Von den anderen rede ich nicht. Ich habe vergessen zu sagen, dass er natürlich einer Frau, der Herzogin-Mutter Anna-Amalia, seinen Job in Weimar verdankte. Da komme ich nicht mit, denn auch was sein Verhältnis zu Frauen anging, war Goethe ein ganz Großer. Ich erzähle die Sache mit den Frauen nicht ohne Grund. Auch nicht diese Geschichte. Die Damen waren fruchtbar für sein Schaffen. Sie regten ihn an. Spätestens wenn er sie verließ, entstanden Texte, Gedichte, Lieder.
Und immer wusste Goethe Beruf und Neigung miteinander zu verbinden. 1792 begleitete er seinen Chef, den Herzog von Weimar, in den ersten Koalitionskrieg gegen das revolutionäre Frankreich. Drei Monate lang erlebte er das Elend und die Gewalt dieses Krieges, der mit einem französischen Sieg endete. Wieder drei Monate lang waren Goethe und sein Herzog im Sommer 1793 unterwegs. Das von den Franzosen besetzte Mainz wurde belagert.

Zug zur Errichtung des ersten Mainzer Freiheitsbaums am 3. November 1792. Zeitgenössischer Kupferstich

Freiheit, Gleichheit, Brüderlichkeit. Allgemeines Wahlrecht, freie Religionswahl, Schluss mit der Fürstenherrschaft. Amerika hatte seit 1787 eine demokratische Verfassung. Dank Frankreichs Hilfe. Vom 13. März bis zum 23. Juli 1793 existierte die Mainzer Republik, das erste bürgerlich-demokratische Staatswesen auf deutschem Boden. Mit Frankreichs Hilfe.

Goethe, die Liebe und Rheinhessen. Das bietet reichlich Stoff für mehr als eine Geschichte. Wir sind in Rheinhessen. Das gab es damals noch nicht. Sondern erst 2016 nach dem Wiener Kongress. Als Goethe kam, standen hier fünfzig Freiheitsbäume, z.B. in Wöllstein, in Nieder-Olm und in Gau-Algesheim. In Rheinhessen gab es 190 Gemeinden, die 32 Herrschaften gehörten. Kleinstaaterei im Kleinen. Das änderte sich erst nach dem Wiener Kongress. Mein Dorf, Jugenheim, gehörte zum Herzogtum Nassau-Saarbrücken.

1794 flüchtete Fürst Heinrich von Nassau-Saarbrücken nach Jugenheim, als die französischen Revolutionstruppen Saarbrücken einnahmen. Dadurch wurde Jugenheim für kurze Zeit Regierungssitz. Aber das war später. Davon will ich nicht erzählen.

Goethe ist am 26. Mai 1793 in Rheinhessen. Er führt Tagebuch und schreibt, dass er Freunde im Forsthaus Ober-Olm und im Chausseehaus Marienborn besucht. Dort in der Nähe wohnt er. Es ist Krieg, er lebt im Zelt.

Im Tagebuch steht: 27. Mai: Besuch bei Maximilian von Zweibrücken. Der wird später König von Bayern. Das konnte Goethe nicht wissen. Aber er hat das Tagebuch von der Belagerung von Mainz auch nicht während der Belagerung geschrieben, sondern zwischen 1820 und 1822. Da ließ es sich gut schreiben, dass man wichtig war, weil man jemanden kannte, der wichtig war. Nach meinen Recherchen hat sich Goethe mit Erbprinz Heinrich von Nassau-Saarbrücken getroffen. Goethe wollte

Annäherung des Landsturms in den Gegenden von Mainz. Kupferstich von A. W. Küffner von 1799

raus aus dem Zelt, weg von Strohsäcken und Flöhen, in ein vernünftiges Quartier. Nach Jugenheim.
Am 28. Mai heißt es: beim Marketender: „Wir tranken den dortigen schäumenden Wein." Ich habe recherchiert. Den Wein gab es in Essenheim. Deshalb behauptet man dort noch heute, dass Goethe nur bis zum Forsthaus Ober-Olm gekommen ist.
29. Mai: zwei Prinzessinnen zu Mecklenburg zu Besuch im Lager. Goethe schreibt an Christiane Vulpius, seine Frau: „Abwechselung gibt es genug." Und er schreibt ins Tagebuch: „Ich heftete mich in mein Zelt und durfte die hohen Herrschaften, welche unmittelbar davor ganz vertraulich auf und nieder gingen, auf das genaueste beobachten. Und wirklich konnte man in diesem Kriegsgetümmel die beiden jungen Damen für himmlische Erscheinungen halten, deren Eindruck auch mir niemals verlöschen wird." Dafür hat der Dichter gesorgt. Er schrieb das Gedicht

Selbstbetrug
Der Vorhang schwebt hin und her
Bei meiner Nachbarin.
Gewiß, sie lauschet überquer,
Ob ich zu Hause bin.

Und ob der eifersücht'ge Groll,
Den ich am Tag gehegt,
Sich, wie er nun auf immer soll,
Im tiefen Herzen legt.

Doch leider hat das schöne Kind
Dergleichen nicht gefühlt.
Ich seh', es ist der Abendwind,
Der mit dem Vorhang spielt.

So schön kann ein Spanner umschreiben, was er tut. Spanner haben wir in Rheinhessen noch heute. Wir sagen das auch. Das vorvorletzte Jahrhundert ist schon eine Weile her.

Der Spanner

Täglich trat sie vor ihn hin,
seine schöne Nachbarin,
dabei kannte er sie nicht,
nur vom Sehen, meist bei Licht.

Nein, er hatte keine Müh',
weder abends noch ganz früh,
denn durchs Fenster sah er sie,
eine Schönheit, welche nie
einen Mann ins Haus gebracht,
nicht einmal für eine Nacht.
Immer starrte er gebannt,
wenn sie nackt ins Bad entschwand.

Ihre kleine, feste Brust
weckte in ihm Liebeslust.
Seine schöne Nachbarin
ging ihm nicht mehr aus dem Sinn,
doch er traute sich nicht ran,
an die Frau von nebenan.

Schließlich ging er hin zu ihr,
in der Hand zwei Flaschen Bier,
klingelte an ihrem Haus
und sie kam sofort heraus.

Zornig sah sie sich ihn an,
denn sie kannte diesen Mann.

„Pfui, du Spanner", schimpfte sie,
„meinst du denn, ich sehe nie,
wie du durch das Fenster stierst
und dich dabei amüsierst.
Mensch, bist du denn noch ganz dicht,
solche Kerle mag ich nicht.
Die Gardinen zieh ich zu
und ich hoffe, dann ist Ruh."
Krachend flog die Tür ins Schloss,
was ihn nicht einmal verdross,
denn im Haus gleich nebendran
hat die Frau oft auch nichts an.

Am 3. Juni schwärmt Goethe von „ländlichem Genuss". Am 4. Juni gibt es keine Tagebucheintragungen. Aus einem einfachen Grund. Goethe war in Jugenheim. Er quartiert sich im Grünen Baum ein und schreibt an seinen Freund Friedrich Heinrich Jacobi: „Das Wetter ist schön und die Nächte höchst lieblich."

Wie ich weiß, musste er gemeinsam mit einem befreundeten Offizier Schanzarbeiter ausheben. Preußen und Österreicher versuchten, sich an die Stadt heranzugraben, durch den rheinhessischen Lehm. Am 6. Juni ist der Dichter abends bei einem Empfang der Heeresführung im Hauptquartier bei Marienborn.

Am 8. Juni steht im Tagebuch: „Wieder Treffen mit Prinz Maximilian von Zweibrücken". Ich muss es nicht wiederholen: Goethe hat sich nicht mit dem späteren Bayernkönig getroffen. Er hatte eine Besprechung mit Erbprinz Heinrich von Nassau-Saarbrücken: Als Dank für die Jugenheimer, die er zu Fronarbeiten herangeschafft hatte, durfte unser Dichter kostenfrei im Grünen Baum wohnen. Das macht er vom 11. bis zum 13. Juni, am 15. Juni, vom 17. bis zum 23. Juni, vom 25. bis zum 27. Juni und vom 7.

Jugenheim: Obertor, Amtshaus und Kirche Ende des 18.Jahrhunderts; Maler unbekannt, Kriegsverlust der Familie Lucius

bis zum 13. Juli. Immer wenn Goethe in Jugenheim war, gibt es keine Tagebucheinträge.
Aber es gibt Briefe. Zum Beispiel den an seinen Dichterfreund Friedrich Heinrich Jacobi, geschrieben am 7. Juni 1793. Darin steht wieder: „Das Wetter ist schön, die Tage heiß, die Nächte himmlisch." Das ist dichterische Freiheit. Denn der 7. Juni war der Tag, an dem Goethe aus Jugenheim zurück war. Dort hatte er nicht nur Schanzarbeiter gesucht, er hatte das Notwendige mit dem Angenehmen verknüpft. So wie immer in seinem Leben. Und natürlich hat er daraus ein Gedicht gemacht. Um Mainz tobte der Krieg. In Jugenheim war – heute würde man sagen: Party. Damals gab es bei Feiern ein beliebtes Spiel:

Blinde Kuh
O liebliche Therese!
Wie wandelt gleich ins Böse
Dein offnes Auge sich!
Die Augen zugebunden,
Hast du mich schnell gefunden,
Und warum fingst du eben mich?
Du fasstest mich aufs Beste
Und hieltest mich so feste;
Ich sank in deinen Schoß.
Kaum warst du aufgebunden,
War alle Lust verschwunden;
Du ließest kalt den Blinden los.
Er tappte hin und wider,
Verrenkte fast die Glieder
Und alle foppten ihn.
Und willst du mich nicht lieben,
So geh' ich stets im Trüben
Wie mit verbundnen Augen hin.

So ist das mit den Dichtern. Sie schöpfen mit Sprachgewalt ihre eigene Welt. Doch die ist nie die Wirklichkeit, mag das auch so scheinen. Nun, Goethe hatte sein Ziel nicht erreicht, die Dame wollte nicht. Das ist wie heute, wenn jemand nicht geneigt ist.

Neigung
Dieter neigt sich zu Marie,
tätschelt zaghaft ihre Knie.
„Kommst du mit", raunt er ihr zu,
„Liebe machen, ich und du?"

Doch Marie sagt nur ganz schlicht:
„Nein, mit dir ganz sicher nicht.
Dieter, das hat keinen Zweck,
nimm die feuchte Hand da weg."

Kurz darauf erhört sie dann
einen, den sie leiden kann.

Aber die Wirklichkeit war anders. Goethe wollte, die Dame konnte nicht widerstehen – sie hieß übrigens Barbara – und bevor er ging, am Vormittag des 8. Juni, da warf er einen neuen Köder aus, ein Gedicht mit dem Titel:

Der Abschied
Lass mein Aug den Abschied sagen,
Den mein Mund nicht nehmen kann!
Schwer, wie schwer ist er zu tragen!
Und ich bin doch sonst ein Mann.
Traurig wird in dieser Stunde
Selbst der Liebe süßtes Pfand,

Kalt der Kuss von deinem Munde,
Matt der Druck von deiner Hand.
Sonst, ein leicht gestohlnes Mäulchen,
O wie hat es mich entzückt!
So erfreuet uns ein Veilchen,
Das man früh im März gepflückt.
Doch ich pflücke nun kein Kränzchen,
Keine Rose mehr für dich.
Frühling ist es, liebes Fränzchen,
Aber leider Herbst für mich!

Gibt es Frauen, die einen Mann gehen lassen, der so schöne Worte macht? Ich denke: nein. Vor 200 Jahren nicht und heute auch nicht. Allenfalls kommen sie ins Grübeln und spielen die Möglichkeiten durch, die ihnen bleiben. Ich greife das Bild von den Rosen auf und versuche, die Situation am Beispiel von zwei Rosengedichten auszuleuchten. Gedicht Nummer 1:

Der Rosenkavalier
Jeden Freitag kurz nach vier,
kam der Rosenkavalier.
Schickes Auto, elegant,
dreißig Rosen in der Hand.
Souverän, ein Mann von Welt,
einer mit genügend Geld.
Rosen, rot und gelb und weiß,
ganz egal war ihm ihr Preis.
Unser Rosenkavalier
kam stets freitags, kurz nach vier.
Er hat gerne investiert,
denn sie hat ihn interessiert
und er wusste ganz genau:

Rosen, die liebt jede Frau.
Ja, der Rosenkavalier
kam stets freitags kurz nach vier.
Gern nahm sie die Rosen an,
beinahe auch den schicken Mann,
doch das änderte sich bald:
Sie hat ihm ein paar geknallt.
Ach, der Rosenkavalier.
Schluss mit freitags kurz nach vier.
Sie wollt sich ne Vase leihn,
ihre eigne war zu klein,
bei der Freundin nebenan.
Klar, man hilft sich, wenn man kann.
Und von der erfuhr sie dann
von nem andern Rosenmann.
Immer montags kurz nach drei
kam der Typ bei der vorbei.
Noch ein Rosenkavalier?
Montags? Freitags? Nicht mit ihr.
Sie war eine schöne Frau,
sehr gescheit und richtig schlau.
Drum war ihr auch sofort klar,
dass der Mann derselbe war.
Dieser Rosenkavalier
kommt ihr nicht mehr durch die Tür.

Dieses Gedicht beschreibt eine mögliche Reaktion. Aber es gibt immer mindestens zwei Alternativen. Gedicht Nummer 2:

Komm
Deine Rose.
Du hast es dir

einfach gemacht
Du hast geglaubt,
sie tröstet mich,
wenn du nicht kommst.
Mir reicht das nicht,
denn ich will dich.
Spüren will ich
deine Nähe,
deinen Körper,
deine Liebe.
Nur dich, sonst nichts.
Die Rose dort
auf meinem Tisch,
sie war wie ich.
So zart ihr Duft,
so schlank, so stolz
die Blütenpracht.
Jetzt steht sie da,
genau wie ich:
verletzt. Verdorrt.
Ein Dornenstock.
Ich bin allein.
Komm her zu mir.
Bring Rosen mit.

Das, was heute gilt, galt auch damals. Das ergab meine Recherche und das sagt die

Erfahrung
Man muss um Glück
sich nicht bemühn,
wenn Liebe und
wenn Rosen blühn.

Unter den Dokumenten, die mir zur Verfügung stehn, ist auch der Brief von Christiane Vulpius, den sein „kleines Eroticon" am 7. Juni 1793 an Goethe schrieb: „Itzo fehlt mir nichts als Du, mein Lieber, dass ich mich mit Dir freuen könnte und Dir sagen könnte, wie ich Dich immer herzlicher liebe und Du mein einziger Gedanke bist, denn jede Freude ist nur halb, wenn Du nicht dabei bist."
Als Goethe den Brief bekam, war er wieder in Jugenheim. Diesmal blieb er drei Nächte. Er entschloss sich, die Liebeserklärung zu ignorieren, abzuwarten. Und er schrieb ein Gedicht:

Meeresstille
Tiefe Stille herrscht im Wasser,
Ohne Regung ruht das Meer,
Und bekümmert sieht der Schiffer
Glatte Fläche ringsumher.
Keine Luft von keiner Seite!
Todesstille fürchterlich!
In der ungeheuern Weite
Reget keine Welle sich.

Abwarten, auf Zeit spielen, das hat der Rheinhesse, vielleicht, von Goethe gelernt. Verinnerlicht hat er es jedenfalls:

Die Küste
An der Küste Rheinhessens
Am Ufer des Rheins
Fließt die Zeit
Schwappend und gurgelnd
Vorbei

Am 15. Juni übernachtete Goethe wieder im Grünen Baum. Natürlich mit Barbara. Und natürlich schreibt er:

Anliegen

O schönes Mädchen du,
Du mit dem schwarzen Haar,
Die du ans Fenster trittst,
Auf dem Balkone stehst!
Und stehst du wohl umsonst?
O stündest du für mich
Und zögst die Klinke los,
Wie glücklich wär' ich da!
Wie schnell spräng' ich hinauf!

Goethe benutzt Konjunktive. Dabei stand Barbara am Fenster. Und wie schnell er zu ihr sprang. Er weigerte sich zu denken, was sein würde, wenn er sie verließ. So wie er versuchte, sich nicht an Charlotte zu erinnern, nach dem Bruch mit ihr wegen Christiane. Er wollte sich nicht vorstellen, wie es sein könnte, wenn er – vielleicht – zurückkam, nach mehr als zwanzig Jahren.

Nach mehr als zwanzig Jahren

Du bist zurück, nach mehr als zwanzig Jahren,
Dein Kopf ganz kahl, nicht eins von deinen Haaren,
Die ich geliebt, ist noch auf deinem Haupt,
Auch die hat dir die andre Frau geraubt.
Du hast mich nicht sofort verlassen,
Du hast mir nichts von ihr gesagt,
Doch dann hat sie mich wissen lassen,
Ich sei von dir nicht mehr gefragt.
Dann zogst du aus, verschwandest still aus meinem Leben,

Ich war allein und du hast ihr dich hingegeben,
In den letzten 20 Jahren hab ich nichts von dir erfahren.
Heut stehst du hier. Nach mehr als zwanzig Jahren.
Sie hat das Geld dir fortgenommen,
Du bist jetzt fett, dein Kopf ist kahl,
Sie ist dir wirklich nicht bekommen,
Doch diese Frau war deine Wahl.
Als ich schon Mitte vierzig war, da war sie noch jung,
Gut zwanzig Jahre jünger. Und du warst auf dem Sprung,
Nach zwanzig Jahren Ehe hast Du uns aufgegeben,
Ich dich jetzt auch. Ich lebe längst mein eignes Leben.
Du willst zurück nach zwanzig Jahren?
Dazu ist es doch längst zu spät
Und jetzt musst du es wohl ertragen,
Dass ich auch ohne dich gut leb.

Goethe genoss die Tage und die Nächte in meinem Dorf. Als er zur Truppe gerufen wurde, ließ er ein Gedicht zurück. Wiedermal.

Die schöne Nacht

Nun verlaß' ich diese Hütte,
Meiner Liebsten Aufenthalt,
Wandle mit verhülltem Schritte
Durch den öden, finstern Wald:
Luna bricht durch Busch und Eichen,
Zephyr meldet ihren Lauf,
Und die Birken streun' mit Neigen
Ihr den süßten Weihrauch auf.
Wie ergötz' ich mich im Kühlen
Dieser schönen Sommernacht!
O wie still ist hier zu fühlen,

Was die Seele glücklich macht!
Läßt sich kaum die Wonne fassen,
Und doch wollt ich, Himmel, dir
Tausend solcher Nächte lassen,
Gäb mein Mädchen eine mir.

Diesmal hatte er sieben Nächte bekommen. Barbara war seine Insel. Um ihn herum würde in den kommenden Tagen und Nächten Krieg sein. Jugenheim galt seine Sehnsucht. Barbara, die Liebe, das war seine

Insel im Meer
Stimmengewirr um uns herum,
laut, schrill und grell.
Ertrinkend im
Meer aus Worten höre ich dich.
Bilderfluten, schau dich nur um,
falsch, bunt und schnell.
Versinkend in
Welten des Scheins siehst du auch mich.
Sie gibt uns Kraft in diesem Meer
aus kaltem Lärm
und falschem Glanz:
unsere Sprache, die Liebe.

Goethe mochte das Gemetzel nicht. Das Donnern der Kanonen, das Bersten von Stein, das Splittern von Holz, die Schreie und das Stöhnen der Verwundeten. Am 22. Juni schrieb er an seine Gönnerin, an Herzogin Anna Amalia von Sachsen-Weimar: „Ew. Durchlaucht wird bekannt sein, dass die Sprache der Batterien noch einsilbiger ist, als die deutsche Sprache."

Am 24. Juni sah er zu, wie hungernde Menschen aus der Stadt geschickt und zurückgedrängt wurden. Elendsbilder. Er musste sich nicht an Jugenheim erinnern, an Barbara. Obwohl: Sein Gedicht nannte er

Erinnerung
Willst du immer weiter schweifen?
Sieh, das Gute liegt so nah.
Lerne nur das Glück ergreifen,
Denn das Glück ist immer da.

Das schrieb er. In seinem Kopf waren die Bilder, waren Hitze, Sturm, Regen und Schlamm. War die Langeweile, die hektische Panik, die Angst. Und die Töne waren da:

Töne
„Werda" der Schildwache vorm Zelt.
„Werda" der Infanterieposten.
„Werda", wenn die Runde kam.
Hin- und Widergehen der Schildwache
Geklappere des Säbels auf dem Sporn
Bellen der Hunde fern
Knurren der Hunde nah
Krähen der Hähne
Scharren der Pferde
Schnauben der Pferde
Häckerlingsschneiden
Singen, Diskutieren und Zanken der Leute
Kanonendonner
Brüllen des Rindviehs
Schreien der Maulesel

S. 24/25: Beschießung von Mainz und Brand des Domes in der Nacht vom 28./29. Juni 1793. Aquatinta von Friedrich Tielker

Und dann die Stille der Nacht. Die rheinhessische Landschaft und der

Sommerwind
Schließ die Augen
unter den Pappeln am Bach.
Bleib stehen und lausche.
Du wirst es hören,
das Rauschen und Tosen
des Meeres im Sturm.
Du spürst den Wind
auf der Haut und im Haar,
spürst Salz und Sonne
auf den Lippen,
erwartest die Welle
und öffnest die Augen.
Du wirst es sehen,
das wogende Meer.
In Grün.

Er ging zurück nach Jugenheim. Wieder zwei Nächte im Grünen Baum. Zwei Nächte mit ihr. Er war wie im Rausch. Der Krieg interessierte ihn nicht. Er wollte Barbara. Diesmal schenkte er ihr das Gedicht.

Verschiedene Drohung
Einst ging ich meinem Mädchen nach
tief in den Wald hinein
und fiel ihr um den Hals, und „ach!",
droht sie, „ich werde schrein."

Da rief ich trotzig: „Ha! Ich will

den töten der uns stört!" –
„Still", lispelt sie, „Geliebter, still!
dass ja dich niemand hört."

Sie hat es aufgehoben. Und auf die Rückseite geschrieben: Es war wie im

Frühling im Weinberg
Liebestrunken der Fasan.
Hase baggert Häschen an.
Rebhuhn balzt, so gut es kann.
Paula schnappt sich einen Mann.
Vögel vögeln pausenlos.
Schnecken tun das auch im Moos.
Nur Gefühle überall.
Im Frühling ist das oft der Fall.

Die letzten Nächte, die Goethe mit Barbara verbrachte, waren die vom 7. bis zum 13. Juli. Dann zeichnete sich das Ende der Mainzer Republik ab. Goethe schreibt an Jacobi: „Bei uns geht es von der einen Seite lustig, von der andern traurig zu, wir stellen eine wahre Haupt- und Staatsaktion vor, worin ich den Jaques (s. Shakespeare „Wie es euch gefällt" oder „Die Freundinnen") nach meiner Art und Weise repräsentiere. Im Vordergrunde hübsche Weiber und Weinkrüge und hinten Flammen, grade wie Loth mit seinen Töchtern vorgestellt wird." Dann verließ Goethe Barbara und widmete ihr ein Epigramm:

Arm und kleiderlos war, als ich sie geworben, das Mädchen;
Damals gefiel sie mir nackt, wie sie mir jetzt noch gefällt.

Blick auf Mainz mit zwei Paaren, die an einem Schanzgraben rasten. Aquarell von Johann Heinrich Schilbach

Für Jacobi notiert er: „Ich lege ein Gedicht bei, das ich zarten Herzen empfehle." Bevor er ohne Abschied aus Rheinhessen verschwand, beobachtete er den Abzug des französischen Heeres und der Mainzer Jakobiner. Er registrierte den Spott, den die jungen Frauen aus Mainz auf sich zogen, die mit den Franzosen gingen. In sein Tagebuch notiert er am 25. Juli: „Die Mädchen aber schienen alle heiter und gelöst." Am 27. Juli besäuft er sich in der zerstörten Stadt bei seinem Bekannten Sömmering.
Nie mehr verliert er ein Wort über Barbara, nie mehr nimmt er Kontakt auf. Er will davon nichts hören. Er sagt:
„Ihr müsst mich nicht durch Widerspruch verwirren.
Sobald man spricht, beginnt man schon zu irren."
Der große Dichter benutzt

Die vierte Sprache
Ich kenne vier Sprachen.
Die der Worte,
die der Taten
und die der Sinne.
Die vierte Sprache
ist das Schweigen,
in das wir verfallen
durch Worte und Taten,
durch die wir verstummen
mit Narben im Hirn,
die uns nicht denken lassen,
was wir wissen,
damit wir leben können,
trotz Schuld und Scham,
als Inseln,
unerreichbar
im Ozean der Zeit,
die abläuft mit dem Tod

und doch nicht endet:
durch das Schweigen der Kinder,
die verstummt sind
wie wir.
Durch uns.

In einem Brief an Friedrich Heinrich Jacobi schrieb Goethe: „Gerade das, worauf alles ankommt, darf man nicht sagen.“ Aber dann macht er es doch. Er benutzt seine Sprachmacht und malt die Welt und die Erinnerung, wie er sie gerne hätte. Das Gedicht heißt:

Kriegserklärung
Wenn ich doch so schön wär'
Wie die Mädchen auf dem Land!
Sie tragen gelbe Hüte
Mit rosenrothem Band.

Glauben, daß man schön sey,
Dächt' ich, ist erlaubt.
In der Stadt ach! ich hab' es
Dem Junker geglaubt.

Nun im Frühling ach! ist's
Um die Freuden gethan;
Ihn ziehen die Dirnen,
Die ländlichen, an.

Und die Taill' und den Schlepp
Verändr' ich zur Stund',
Das Leibchen ist länger,
Das Röckchen ist rund.

Trage gelblichen Hut
Und ein Mieder wie Schnee;
Und sichle mit andern
Den blühenden Klee.

Spürt er unter dem Chor
Etwas Zierliches aus;
Der lüsterne Knabe,
Er winkt mir ins Haus.

Ich begleit' ihn verschämt,
Und er kennt mich noch nicht,
Er kneipt mir die Wangen
Und sieht mein Gesicht.

Die Städterin droht
Euch Dirnen den Krieg,
Und doppelte Reize
Behaupten den Sieg.

Ein Freund liest es und schreibt ihm einen Brief. Und er zitiert den Dichter:

„Es ist gar schön an einem Orte fremd zu sein, und doch so notwendig, eine Heimat zu haben."

Mein Lieber:
Du bist mal wieder abgehauen – so beginne ich meinen Brief an Goethe. Immer noch der alte Feigling: schnell mit der Feder und flink mit dem Maul? Sprüchemacher. So schöne Sprüche machst du, wenn's dir denn weiterhilft. Und red dich nicht raus, versuch's gar nicht erst. Denk an Charlotte. Es ist gar schön, an einem Orte fremd zu sein, und doch so notwendig, eine Heimat zu haben. Wie wahr,

wie wahr. Und dabei so verlogen, weil beides nicht ineinander geht. Zumindest nicht bei dir. Du reist und lebst dich aus, weckst Hoffnungen, die du nicht erfüllst und machst dich dann davon, durch deine Hintertür und nennst das Heimat. Ruhst aus, weckst neue Illusionen. Dabei hast du den Koffer noch gepackt. Na ja. Dazu gehören immer zwei. Wie machst du das, dass frau dich immer lässt? Hast recht, ich untertreibe. Die Frauen, hätte ich sagen sollen. Ich halt mich raus. Das ist deine Sache, das ist dein Leben. Machs mit dir aus und deinen Damen. Bei mir kannst du dir die Sprüche schenken. Wirf mir nicht vor, ich hätte früher anders gedacht und anders gelebt. Stimmt. Ja. Aber ich habe begriffen, dass Wortgemälde auf Papierbergen nicht das Leben sind. Meins nicht. Deins schon, dichte ruhig weiter. Und schick mir ruhig weiter zu, was du auf deiner Suche nach einer neuen Heimat an all den schönen fremden Orten auf die altbekannte Weise zu Papier gebracht hast. Wie geht's denn Christiane? Kennt sie die Kriegserklärung ?

Sie kennt sie, ja? Ja. Du hast sie ihr sicher vorgelesen und sie war gerührt und du hast das Taschentuch genommen und ihr die Tränchen abgetupft. Dann hast du den Roten aufgezogen, den 92er, den du beim Kuhn in Jugenheim requiriert hast, 93, bei der Belagerung von Mainz. Ihr habt erzählt und du hast noch einmal gelesen, zum zweiten Mal die Kriegserklärung. Und dann ins Bett. Ich kenne deine Masche.

Du wunderst dich, woher ich weiß? Woher ich weiß, dass Philip Heinrich Kuhn den besten Roten in Jugenheim ausbaut? Ich will's dir sagen: Ich hab mich einquartiert. Im Grünen Baum, im selben Zimmer, in dem ihr gewohnt habt. Du und bei Nacht auch sie. Der Rote vor mir ist vom Kuhn, und wenn ich aufseh, sind da die Kleiderhaken an der Tür im späten Licht der Sonne. Hing da ihr gelber Hut mit rosenrotem Band, ihr Mieder wie Schnee? Du wirst es nicht mehr wissen. Ich muss daran denken, jetzt, wo die Abendsonne

Das Amtshaus in Jugenheim. Bleistiftzeichnung Koch, 1832

Schatten zaubert und Bilder malt aus Haut und Duft von blühendem Klee und Schweiß und Staub und fruchtigem Wein und Lust auf Liebe und Leben. Kriegserklärung. Du willst wissen, was aus ihr geworden ist, nach deiner Abreise, nachdem du in der Etappe abgewartet hast, wie die Mainzer Republik ausgehungert wurde? Nachdem du Heimat, Heimat geschrien und es dabei wieder mal genossen hast, an einem Orte fremd zu sein? Alles für dich und niemanden sonst, so ohne Rücksicht, nur Feigheit und Lügen und Flucht. Immer neu und immer anders und doch so vertraut. Und doppelte Reize behaupten den Sieg. Heimat? Doppelspiel. Wie wärs denn mal mit Ehrlichkeit, mein Lieber? Du hast Christiane vorgelesen, hast die Wirkung genossen, aber erzählt, erzählt hast du nichts. Deine Geschichten. Das würde ich gern mal wissen: Sind die die Wahrheit für dich? Oder erinnerst du dich wenigstens manchmal an die Wirklichkeit, an das, was war? Ich sitze jetzt auf deinem Stuhl und, so ein Blödsinn, mache mir deine Gedanken, die Gedanken, die du dir machen solltest. Und ich will, dass du weißt, was geworden ist. Sie hat mir erzählt, was war. Mit dir und in den Monaten danach. Ich werd's dir schreiben, auch wenn ich weiß, dass das dann neuer Stoff ist, für eine deiner Geschichten.

Erinnerst du dich noch an ihren Namen? An eure erste Begegnung im Hauptquartier vor Mainz? Nicht? Natürlich nicht. Ich helf dir. Ihr hattet Hunger, weißt du das noch? Euch fehlte Brot und der Rau hat das für euch organisiert. Dein Freund Rau, der im Weißen Ross in Jugenheim einquartiert war. Beleidigt, wenn ich deinen Saufkumpan Etappenhengst nenne? Er ist es, ob es dir passt oder nicht. Aber zurück zu Barbara. Klingeln dir die Ohren, siehst du sie vor dir, auf dem Karren mit den Broten, verängstigt neben ihrem Vater, dem Bäcker Diehl aus Jugenheim, den Rau gezwungen hat, an euch zu liefern? Erinnerst du dich an die Angst in ihren Augen, die Sprüche eurer Leute und ihre

Scham? Barbara. Und du, der feine Herr, hast mitgelacht. So billig wie all die andern. Und dann bist du hin, hast ihren Kopf genommen, ihr in die Augen gesehen und in die Wangen gekniffen. Hast dich umgedreht, mit deinen Kumpanen getuschelt und dreckig gelacht. Dreckig, hat Barbara gesagt. Barbara Diehl. Erinnerst du dich an sie, an eure erste Begegnung?

„Ich begleit ihn verschämt,
und er kennt mich noch nicht,
er kneipt mir die Wangen
und sieht mein Gesicht."

Ihre Rolle in deinem Spiel. Das ist doch fast noch ehrlich, was du da in der Kriegserklärung geschrieben hast. Nur mit dem feinen Unterschied, dass du dich hinter ihr hergemacht hast und nicht sie sich an dich heran. Du, der Mann von Welt, der ach so feine Herr. Habt ihr gewettet, dass du sie rumkriegst, oder warst du nur einfach scharf auf sie? Wie ich dich kenne: beides. Wie schreibst du so schön: „Nun im Frühling, ach! Ihn ziehen die Dirnen, die ländlichen, an."

Für das Brot hast du bezahlt, drei Gulden und 48 Kreuzer. Für Barbara blieben nur Worte. Und sie hat dir geglaubt und geträumt und gehofft. Und du hast geredet von Liebe und vom Morgen, hast Zukunft gesagt und die Nächte gemeint, die du mit ihr wolltest. Erinnerst du dich, wie du ihr nachgestiegen bist? Erinnerst du dich an den Tag, an dem Barbara mit ihrer Mutter und ihrem Vater, Johann Henrich Diehl – ach, warum nenn ich Namen, du kennst ihn nicht mehr – Klee geschnitten hat im Feld vor dem Obertor? „Trage gelblichen Hut und ein Mieder wie Schnee und sichle mit andern den blühenden Klee." Das hast du daraus gemacht. Kein Wort, dass ihre Eltern gingen, als du kamst. Kein Wort vom Feldschütz, der den Gulden kassiert hat, weil Diehls den Klee in der Frucht geschnitten hatten. Kein Wort, wie verlegen Barbara war. Das Rot ihrer Wangen kam nicht von Hitze und Arbeit, deine Worte und ihre Scham haben es in

ihr zartes Gesicht gemalt. Barbara erzählt, du hättest ein Gedicht gemacht. Du hättest Brot dabei gehabt und Käse und Wein und eine Decke. Wärst mit ihr ins Feld gegangen, in Steinfurths Feld, hinter die Weizenstiegen. Sie erinnert sich an die Sonne in kräftigem Rot in grünweißem Holunder, an den Geschmack von Staub und Klee und Korn in trockener Luft und leisem Wind, an deine Hand auf ihrer Brust und ihren Schenkeln und an den Wein aus einem Becher, an deine Gier und deine Zärtlichkeit. An dein Gedicht:
„Spürt er unter dem Chor etwas Zierliches aus;
der lüsterne Knabe, er winkt mir ins Haus."
Fast wäre euch das Obertor in der Dämmerung vor den Nasen geschlossen worden, fast wäre nichts geworden aus eurer ersten Nacht, denn sie ist zu dir mitgekommen. Erinnerst du dich noch? Ich denke ja, denn diese Strophe ist geblieben, in deiner Kriegserklärung. Damit du's weißt: Das Tor gibt es nicht mehr, die Flügel sind versteigert worden, gestern, für 17 Gulden.
Langsam bin ich müde. Die Schatten hier im Raum verschwimmen an der Wand, aus gelb wird grau und nur der Rote funkelt noch im Glas beim Licht der Kerze, gerad hell genug für meinen Brief an dich und die Gedanken über euch in meinem Kopf; die hab ich auch bei Nacht. An was denkst du, wenn du bei Christiane bist? An neue Flucht? Die du dann auf Papier verklärst, als sei der Traum für dich das Leben?
Die Wahrheit ist banal. Du bist hier einfach abgehauen. Sechseinhalb Wochen. Und dann ein Ende ohne Worte. Barbara hat dich gesucht. Das weißt du nicht? Hat Rau dir nicht berichtet? Ich hol es nach, du sollst es wissen. Als die Franzosen abgezogen waren und du auch fort, nach Trier, hat Barbaras Onkel versucht zu hören, wo du steckst. Er ist zum Rau und hat gefragt. Das war im Weißen Ross. Und Georg Christian Diehl war 46 Jahre, als er starb. Rau, dein Kumpan Rau, hat ihm ins Knie geschossen. Kriegser-

klärung. Ein schöner Titel für deine Geschichte. Ich weiß. Das hast du nicht gewusst. Das ist nicht die Geschichte, die du an diesem Ort erlebt hast. Aber Barbara ist hier zu Haus und du bist weg. Sie lebt hier und sie erinnert sich. An dich und das, was war. Und du hast ein Gedicht gemacht, dir deine Wirklichkeit geschrieben. Darin bist du zu Haus. Das ist dein Leben, deine Heimat. Ein wirklich sicherer Ort, wenn du die Augen schließt, vor dem was wirklich ist.

Kennst du den Spott in einem kleinen Dorf? Den Neid und das Gerede? Ich denke ja, obwohl: Erlitten hast du's nicht. Barbara hat. Und leidet noch, denn sie ist schwanger. Und wenn du sagst, du hast das nicht gewusst: Du hast. Zumindest hast du es geahnt.

„Und die Taill' und die Schlepp veränd r' ich zur Stund;
das Leibchen ist länger, das Röckchen ist rund."

Sag nicht, das sei dir nur so eingefallen. Den Stoff für deine Geschichten nimmst du dir aus der Wirklichkeit. Als du verschwunden bist, so ohne Abschied, da war ihr Bauch nicht rund. Da war nur Übelkeit und Ekel vor Gerüchen. Hast du das nicht bemerkt? Wie solltest du. Du hast die Zeit genossen. Auf ihre Kosten deine Lust. Doch, ja. Es hat ihr auch gefallen. Deine Geschichten, dein Charme, auch deine Lust auf sie. Du hast gesagt, du bleibst. Du hast gesagt, du nimmst sie mit. Du hast gesagt, du holst sie nach. Du hast gelogen und sie hat dir geglaubt.

Die Nacht gehörte euch und manchmal auch der Tag. Weißt du, wie ihre Tage waren, ohne dich? Weißt du, wie es sich lebt, in einem Haus, mit den Geschwistern, Onkel, Tante, deren Kindern, den Eltern, den Großeltern? Weißt du, wie da geredet wird? Weißt du, wie es ist, wenn ein Mensch weinen will und es nicht kann? Und du bist weg, ohne ein Wort und ohne Nachricht, bist wieder fremd an irgendeinem Ort, und sie lebt hier, mit deinem Kind in ihrem Bauch – der wächst mit jedem Tag – und fühlt sich fremd in ihrer Heimat und sie hat nichts, nur die Erinnerung an Glück und

Trauer und Enttäuschung.
„Glauben, dass man schön sei, dächt' ich, ist erlaubt.
Ach! Ich hab es dem Junker geglaubt."
Kriegserklärung. Die Wahrheit geschrieben, die Wahrheit verdreht. Und so kannst du leben? Dein Leben. Ich weiß nicht, wie das zusammengeht, in deinem Kopf. Ich würde gerne wissen, was das ist, wie du das machst. Du saugst die Menschen aus und schreibst dir deine Wahrheit. Und Barbara sagt, ich soll dich grüßen. Ich habe ihr erzählt, dass ich dir schreibe. Barbara Diehl, erinnerst du dich noch?
Das Glas ist leer. Und ich bin traurig. Die Nacht steht schwarz im Zimmer und mir wird kalt in meiner Einsamkeit. So viel Gedanken noch in meinem Kopf und die Erinnerung, die jetzt auch meine ist. Stille im Dorf, nur Blätterrascheln im Wind gegen die Schläge der Turmuhr und laute Gedanken und deine Geschichte vor mir und die Zeilen verschwimmen und Blei in den Gliedern und Trauer und Trägheit.
Ich bin nicht müde, ich bin nur erschöpft.
Und von Barbara soll ich dich grüßen.

Barbara Diehl war nur eine von vielen Frauen in Goethes Leben. Die erste war Anna Katharina „Käthchen" Schönkopf. Sie war neunzehn Jahre alt. Das war 1765, als Goethe zum Studium nach Leipzig kam. Käthchen war die Tochter des Wirts, bei dem er regelmäßig essen ging. Sie regte ihn zu einem Gedichtband an, dem „Buch Annette".

Friederike Elisabeth Öser lernt er 1766 in Leipzig kennen. Ihr Vater gab Goethe Zeichenunterricht. Für Friederike entstehen Gedichte, etwa „Die Laune der Verliebten".

Friederike Brion (18), die Pfarrerstochter, ist 1770 seine Straßburger Studentenliebe. Für sie schreibt der verliebte Goethe die „Sesenheimer Lieder" und das „Heideröslein".

Johannette Lange gehört zu den unbekannteren Liebschaften. Goethe lernt sie 1772 in Wetzlar kennen, als er dort bei Gericht ein Praktikum macht. Er baggert sie an und verwertet ihre Person im „Werther". Bilder von ihr gibt es nicht.

Wegen Charlotte Buff-Kestner, die Goethe ebenfalls 1772 in Wetzlar kennenlernt – er sollte sie nur zu einem Ball abholen – lässt er Johannette sitzen. Charlotte war verlobt. Goethe tanzte mit ihr die Nacht durch. Er liebt sie, aber sie entscheidet sich schließlich für ihren Verlobten Kestner. Goethe verarbeitet diese Liebesgeschichte literarisch. Lotte bekommt eine Hauptrolle im „Werther".

Maximiliane von La Roche war sechzehn Jahre alt, als Goethe sie 1772 in Koblenz kennenlernt. Ihre schwarzen Augen dichtete er der Lotte im Werther an. Wegen seines besonderen Verhältnisses zu Maximiliane, die 1774 heiratete, bekam er Ärger mit ihrem Ehemann, dem Geheimrat Peter Anton Brentano. Maximiliane wurde die Mutter Bettines von Arnim.

Lili Schönemann war die Frau, mit der sich Goethe 1775 verlobte. Sie war sechzehn, als er sie in Frankfurt kennengelernt hatte. Goethe verlässt sie nach einem halben Jahr. Sie ist die Einzige seiner Frauen, die in einem Gedicht, das er ihr widmete, mit Namen vorkommt: „Lilis Park". Sie ist das Vorbild für die „Stella", der Geschichte einer Ehe zu dritt.
Charlotte vom Stein, die Hofdame der Herzogin Anna Amalia, war sieben Jahre älter als Goethe, verheiratet und Mutter von sieben Kindern, als sich die beiden 1775 in Weimar kennen und lieben lernten. Goethe schrieb ihr ca. 1.700 Briefe und widmet ihr Gedichte. Später verarbeitet sie ihre Beziehung in dem Stück „Dido". Sie trennen sich wegen Goethes Beziehung zu Christiane Vulpius nach dessen Rückkehr aus Italien 1788.
Herzogin Anna Amalia von Weimar hatte mit sechzehn geheiratet und wurde mit achtzehn Witwe. Goethe kommt 1775 nach Weimar. Sofort entsteht eine enge persönliche Verbindung zur Mutter des Herzogs, die über seine Beratertätigkeit am Hof hinausgeht. Die beiden reisen auch gemeinsam. Goethe holt sie 1790 in Italien ab und begleitet sie zurück nach Weimar. Er verarbeitet sein Liebesverhältnis zur verwitweten Herzogin in seinem Drama „Tasso".
Herzogin Luise ging 1775 in Weimar eine enge Beziehung mit Goethe ein. Er schrieb in einem Brief über sie: „Luise und ich leben nicht nur in Blicken und Silben zusammen". Goethe betätigte sich als Tröster der Frau seines Chefs. Unter Goethes und Carl-Augusts amorösen Vergnügungen litt Luise.
Corona Schröter kam 1776 durch Goethe nach Weimar. Sie war Schauspielerin, Komponistin und Sängerin. Sie wurde von Goethe auf besondere Art gefördert. Sie war ihm nah und sie stand mit ihm gemeinsam auf der Bühne und spielte u.a. die Iphigenie.

Luise von Göchhausen lernt Goethe 1783 kennen, als sie Hofdame bei Herzogin Anna Amalia in Weimar wird. Sie schrieb Texte auf, die Goethes ihr vorliest, z.B. den „Urfaust" und nannte ihn „Liebster aller Geheimen Räthe". Goethe besuchte sie häufig in ihrer Wohnung.
Christiane Vulpius ist 23 Jahre alt, als er die Frau aus einfachen Verhältnissen 1788 zu seiner Geliebten macht. Christiane bekommt ein Kind von Goethe, aber er heiratet sie erst 1806. Die Gedichte, zu denen sie ihn anregt, sind erotisch und romantisch (Ich ging im Walde ...).
Barbara Diehl, die Bäckerstochter aus Jugenheim, ist 17 Jahre alt, als Goethe sie 1793 verführt. Nach dem Ende der Belagerung von Mainz verlässt Goethe sie. Für sie schreibt er Gedichte. Während der gemeinsamen Tage vollendet er den „Reinecke Fuchs".
Christiane Wilhelmine Friederike „Minchen" Herzlieb war achtzehn Jahre alt, als sich Goethe 1807 in Jena in die Pflegetochter des Verlegers Frommann verliebte. Er kannte Minna schon als kleines Kind. Goethe schrieb für sie Sonette und verarbeitet die Beziehung in den „Wahlverwandtschaften".
Bettina von Arnim kam 1807 im Alter von 22 Jahren zu Goethe nach Weimar. Sie hatte sich zuvor mit Goethes Mutter angefreundet. Goethe ließ sie 1811 fallen. Bettina hatte in einem Eifersuchtsanfall Goethes Ehefrau Christiane eine „wahnsinnige Blutwurst" genannt. Bettina und Goethe schrieben sich Briefe. Bettina formulierte bei „Dichtung und Wahrheit" mit.
Marianne von Willemer, geb. Jung lernte Goethe 1814 kennen, als sie dreißig Jahre alt war. Die Schauspielerin und Sängerin wurde seine Geliebte. Goethe verkuppelt sie an den Bankier Willemer. Sie hat Teile des „West-östlichen Divan" mit verfasst.
Ulrike von Levetzow war siebzehn Jahre alt, als sich Goethe 1821 in Marienbad in sie verliebte. Es war Lei-

denschaft. Noch 1823 ließ er seinen Großherzog erneut für sich werben. Er handelte sich einen Korb ein. Goethe schrieb die „Marienbader Elegie".
Maria Szymanowska lernte Goethe 1823 in Marienbad kennen. Er kurte dort regelmäßig. Maria war vierundzwanzig Jahre alt. Er verliebte sich in die Pianistin und widmete ihr das Gedicht „Aussöhnung". Maria war die letzte mir bekannte Liebe Goethes.

Von allen Damen in Goethes Leben gibt es Gemälde, Kupferstiche oder Zeichnungen. Von Barbara Diehl nicht. Mitglieder meiner Familie gehörten nicht zu den Persönlichkeiten, die vor 100 und 200 Jahren porträtiert wurden. Meine Familie gehörte zu den kleinen Leuten.

Nachwort des Autors

Ich bin oft gefragt worden: Ist das eine wahre Geschichte – oder ist sie erfunden? Die Antwort ist einfach: Realität existiert nur in der Unmittelbarkeit des Augenblicks. Alles andere ist Zukunft oder Vergangenheit. Geschichte, Stoff für Geschichten.

Der Autor

Nach seinem Studium – Publizistik, Soziologie und Sport – arbeitete Wolfhard Klein als Journalist für die Zeitschriften Stern, konkret und Twen, weiterhin für Zeitungen, Hörfunk und Fernsehen und ist jetzt Programmchef von SWR4 Rheinland-Pfalz. Klein ist Autor mehrerer Sachbücher und Romane. Zuletzt erschienen von ihm die Kriminalromane *Flughafen Ibiza* und *Schwarzgeld Ibiza* und unter dem Titel *Dialog* eine CD mit Gedichten.
Er ist Initiator der Reihe *Rheinhessen liest. Literatur in Weingütern*, Mitglied im *Syndikat*, einem Zusammenschluss von Krimiautoren, sowie im *Mörderischen Rheinhessen* und hat 2009 die Krimi-Anthologie *Perfekte Opfer.13 neue Kurz-Krimis aus dem Mörderischen Rheinhessen* herausgegeben.
Seit 41 Jahren lebt der gebürtige Westfale in Rheinhessen; seit 1980 in Jugenheim und dies sehr gerne!
www.wolfhard-klein.de

Verzeichnis der Quellen (Zitate und Gedichte)

- Belagerung von Mainz, Goethes Werke, 15. Band, Leipzig und Wien 1900
- Goethe an Christiane Vulpius, 29. Mai 1793 Goethes Werke. Herausgegeben im Auftrag der Großherzogin Sophie von Sachsen. IV. Abteilung: Goethes Briefe, Bd. 1–50, Weimar 1887–1912. Bd. 10
- Selbstbetrug, Goethes Werke in 16 Bänden, Lieder, Leipzig 1906
- Der Spanner, Wolfhard Klein, Mein Rheinhessen, Ingelheim 2010
- Goethe an Jacobi, 5. Juni 1793, Goethes Werke. Herausgegeben im Auftrag der Großherzogin Sophie von Sachsen. IV. Abteilung: Goethes Briefe, Bd. 1–50, Weimar 1887–1912. Bd. 10
- Brief an Jacobi, 7. Juni 1793, Goethes Werke. Herausgegeben im Auftrag der Großherzogin Sophie von Sachsen. IV. Abteilung: Goethes Briefe, Bd. 1–50, Weimar 1887–1912. Bd. 10
- Blindekuh, Goethes Werke in 16 Bänden, Lieder, Leipzig 1906
- Neigung, Wolfhard Klein, Mein Rheinhessen, Ingelh. 2010
- Der Abschied, Goethes Werke in 16 Bänden, Lieder, Leipzig 1906
- Der Rosenkavalier, Wolfhard Klein, Mein Rheinhessen, Ingelheim 2010
- Komm, Wolfhard Klein
- Erfahrung, Wolfhard Klein
- Christiane Vulpius an Goethe, 7. Juni 1793, Goethes Werke. Herausgegeben im Auftrag der Großherzogin Sophie von Sachsen. IV. Abteilung: Goethes Briefe, Bd. 1–50, Weimar 1887–1912. Bd. 10
- Meeresstille, Goethes Werke in 16 Bänden, Lieder, Leipzig 1906

- Die Küste, Wolfhard Klein, Mein Rheinhessen, Ingelheim 2010
- Anliegen, Vermischte Gedichte, Goethes Werke in 16 Bänden, Leipzig 1906
- Nach mehr als 20 Jahren, Wolfhard Klein
- Die schöne Nacht, Goethes Werke in 16 Bänden, Lieder, Leipzig 1906
- Insel im Meer, Wolfhard Klein
- Goethe an Herzogin Anna Amalia von Sachsen-Weimar, 22. Juni 1793, Goethes Werke. Herausgegeben im Auftrag der Großherzogin Sophie von Sachsen. IV. Abteilung: Goethes Briefe, Bd. 1–50, Weimar 1887–1912. Bd. 10
- Erinnerung, Goethes Werke in 16 Bänden, Lieder, Leipzig 1906
- Töne, Tagebuch der Belagerung von Mainz, Goethes Werke, Band 15, Leipzig und Wien 1900
- Sommerwind, Wolfhard Klein, Mein Rheinhessen, Ingelheim 2010
- Verschiedene Drohung, Goethes Werke in 16 Bänden, Epigrammatisch Leipzig 1906
- Frühling im Weinberg, Wolfhard Klein
- Goethe an Jacobi, 7. Juli 1793, Goethes Werke. Herausgegeben im Auftrag der Großherzogin Sophie von Sachsen. IV. Abteilung: Goethes Briefe, Bd. 1–50, Weimar 1887–1912. Bd. 10
- Goethe an Jacobi, 19. Juli 1793, Goethes Werke. Herausgegeben im Auftrag der Großherzogin Sophie von Sachsen. IV. Abteilung: Goethes Briefe, Bd. 1–50, Weimar 1887–1912. Bd. 10
- Spruch, Widerspruch, Goethes Werke in 16 Bänden, Gedichte,Leipzig 1906
- Die vierte Sprache, Wolfhard Klein
- Goethe an Jacobi, 7. Juli 1793, Goethes Werke. Herausgegeben im Auftrag der Großherzogin Sophie von Sach-

sen. IV. Abteilung: Goethes Briefe, Bd. 1–50, Weimar 1887–1912. Bd. 10
• Kriegserklärung, Goethes Werke in 16 Bänden, Lieder, Leipzig 1906
• Goethe an Charlotte von Stein, 29.12.1782 Goethes Werke. Herausgegeben im Auftrag der Großherzogin Sophie von Sachsen. IV. Abteilung: Goethes Briefe, Bd. 1–50, Weimar 1887–1912. Bd. 10
• Brief an Goethe, Wolfhard Klein, Fachinger Kulturpreis 1988